石巻片影

三浦衛

〔写真〕橋本照嵩

春風社

I　見えるものと見えないもの

「在る」ものを写すのが写真だが、写真は、目に見えて「在る」ものだけを写すとはかぎらない。目に見えないけれど「在る」ものを、写真は時に、気配によって写しだし、たしかにそこに「在る」ことを浮かび上がらせる。あぶりだしによって、見えなかった言葉が浮き出るように。

「死者たちが生前、言葉で語り得なかったことを、今、彼らは死んで、君に語ることができる――死者の心は生きている者の言葉を超えた炎の舌で語られる」とは『荒地』で有名なT・S・エリオットの言葉だ。炎の舌で語りながら、死者たちはたしかにそこに在《いま》す。

*引用は、「リトル・ギディング」
（T・S・エリオット作／岩崎宗治訳『四つの四重奏』岩波文庫）より

上）炎上した門脇小学校＝3月27日午前6時46分
下）兄（橋本和也）、住吉町で。後ろは旧北上川＝3月27日午後1時

2 四月は…

二〇一一年四月七日、橋本は、追波湾へ注ぐ北上川河口へ向かった。右岸の釜谷、大川地区は瓦礫と化していた。大川小学校に通っていた四年生の子どもを亡くした母と祖父が、子どもを捜しに来ていた。祖父のスコップは、瓦礫《がれき》が邪魔して土までとどかない。間もなく二人は帰っていった…。うつむき加減で歩く娘のすぐ後ろを、腕をふり父が歩いてゆく。ひとの暮らしへ向かって。春が来、夏が来、秋が来、季節は繰り返し、また繰り返し、あの春が来る。

「四月は最も残酷な月、死んだ土から／ライラックを目覚めさせ、記憶と／欲望をないまぜにし、春の雨で／生気のない根をふるい立たせる。」

*引用は、「死者の埋葬」（T・S・エリオット作／岩崎宗治訳『荒地』岩波文庫）より

右）大川地区＝4月7日午前10時5分
左）大川地区＝4月7日午前10時20分

3 ひかりへ

二〇一一年四月二一日、湊小学校にて湊第二小学校と合同の始業式、入学式が行われた。これは始業式の様子。体育館二階ベランダに射す明るさの具合から、光は右方向から来ている。居並ぶ子たちに向かう写真家は、逆光を避け、校長先生の右後ろに立つ。マスクをしている子が多いけれど、子どもの表情は顔と体に現れる。一人ひとりを順に見、体の形をこちらに映しとるようにすると、どれだけのことがこの子らに及んだのかと言葉を失う。校長先生のすぐ下、右肩のところに写っている髪の長い少女の姿は、その静かな激しさと深さとしなやかな勁《つよ》さにおいて、興福寺の阿修羅像を連想させる。まっすぐ内側を凝視する少女の顔を、光とカメラがとらえた。

「光は快いものである。目に太陽を見るのは楽しいことである。」（旧約聖書「伝道の書」第十一章七節）

湊小学校＝4月21日午前8時50分

4 たなごころ

掌と書いて、たなごころ。てのひらを指し、手のこころの意である。掌《たなごころ》の玉《たま》といえば、手の中の珠玉、たからものを指し、愛する子や妻や夫をたとえていう語だ。世界は広く、祈りの形はさまざまだが、宗教の有無を問わず、こころが祈りへ向かうとき、人は自ずと手を合わす。体のすぐ前でぐっと両の手を組み合わせ、ふわりと柔らかい掌に空きが生じる。祈りを生み、祈りを護《まも》る形がそこにある。もう一枚は、天真大口のめんこい少女。掌から生まれ、掌に育《はぐく》まれながら、ありがたく、いま開けっぴろげでカレーを食べてくれている。

『徒然草』第百九十四段に「明らかならん人の、惑へるわれらを見んこと、掌の上の物を見んがごとし」とある。欺かれるのに慣れた空の下、今、明らかならん人、いずこにありや？

＊「欺かれるのに慣れた空」は、飯島耕一詩「アメリカ」より

右）湊小学校体育館での炊き出し＝4月21日午後1時10分
左）湊小学校＝4月21日午後2時5分

5　沈黙の大魚

マグロ、ヒラメ、イカなど、総計四万六千トンもの冷凍魚が廃棄された。小雨が降りしきる雨の中、巨大な冷凍庫からブルドーザーで運び出される魚の包み紙を黙々と剥ぎ、廃棄のためのコンテナに、ヘドロまみれの魚を投げ込んでゆく。身を挺し、沈黙が支配する場に化す写真家の営みをとおして、鬼気迫る空気が視る者に迫ってくる。沈黙の大魚の背中で生きる人間は、言葉を失い、太古にかえってゆくようだ。

「沈黙は、いわば太古のもののように、現代世界の騒音のなかへと聳《そび》え立っている。死せるもののようにではなく、沈黙は一個の生きた太古の生物のようにそこに蟠居《ばんきょ》している。今なお沈黙の巨大な背はそこに見える。」

＊引用は『沈黙の世界』（マックス・ピカート著／佐野利勝訳　みすず書房）より

右）魚町＝4月22日午前11時
左）魚町＝4月22日午前11時10分

6 ヘルプレス

ソクラテスの研究家で教育哲学者の林竹二は、「人間について」の授業において、「カエルの子はカエルということわざがありますが、人間の子は人間といえますか？」と目の前の子どもたちに問いかけた。カエルの子はオタマジャクシ。オタマジャクシは陸に上がっては生きていけない。ところが、オタマジャクシが成長してカエルになると、陸上でも死なない。まるで違う動物だ。カエルとは違って見えるオタマジャクシが、だれの世話にもならず成長すると自然とカエルになることの不思議が「カエルの子はカエル」ということわざにはある。人間の子は、それと同じように、だれの世話にもならず自然と人間になるか。林は、オオカミに育てられた少女の逸話を紹介しながら、人間存在の核心に迫ってゆく。人間の子は本来ヘルプレス＝無力なもので、ヘルプレスな人間の子は、人間に育てられて初めて人間になることを静かに語りかけた。

二枚の写真は、本来がヘルプレスな人間の姿を、真正面から、慈しみ、とらえている。切なるまなざしが大人たちを見据えている。

右）石巻グランドホテルのロビー前での炊き出し＝5月2日午前11時50分
左）石巻グランドホテルのロビー前での炊き出し＝5月2日午前11時55分

7 祈り

生きて今ある私が、肝に銘じておかねばならぬこと。中原中也の詩「羊の歌」にそれは、ある。

……………

それよ、私は私が感じ得なかつたことのために、
罰されて、死は来たるものと思ふゆゑ。

あゝ、その時私の仰向かんことを！
せめてその時、私も、すべてを感ずる者であらんことを！

……………

建物は歪み、剥がれ、盛り上がり、左に向かう大きな矢印が示すもの。赤道傾斜角二三度二六分の地球の自転と反対方向を指し示し、今、語りかけるのは何。窓のカーテンは、外から吹き込む風に吹かれ、矢印と同方向に揺れている。黙し、黙する、

建物の語る。季節の反復を生み。こころの底のありどころ。大気圏のはるか彼方に発し、あらゆる方向より来たる光と波をこの身に受け、物怖じせずに、しっかりと、感じとることはできるだろうか。身の丈の時を超え、千年億年の空を仰ぎ見、一息《いっそく》の機に感ずる者とならせたまえ。すべてを、すべてを、すべてを、すべてを！

石巻市立大川小学校＝5月8日午前9時30分

8 〝おだづもっこ〟たちのふるさと

横浜屋のボコちゃん夫婦が微笑んで立っている。とうみぎ、枝豆、さつまいも、栗の煮蒸かしを商《あきな》い七十年つづいた横浜屋の解体がこの日、行われた。

橋本のもう一つの写真集『新版 北上川』には、五十年前のおどけた表情のボコちゃんが写っている。ボコちゃんは、ひょうきんでお調子者で人気者の〝おだづもっこ〟。ボコちゃんが腕を回した女性二人も歯を見せ笑っている。やがて写真家として身を立てることになる橋本は、笑いをこらえどアップで三人を撮影したあと、つられて笑ったかもしれない。

石巻の人はよく笑う。よく生きることはよく笑うことと知っているのだろう。笑いは暮らしを生み、芸を生む。繊細で、滑稽で、どこか哀しき芸でテレビをにぎわした由利徹が故郷に錦を飾る颯爽《さつそう》たる姿が『新版 北上川』に収録されている。由利徹は、〝おだづもっこ〟の風土から生まれ全国区へと伸《の》していった。〝由利ちゃん〟もひとりの〝おだづもっこ〟だったろう。

解体現場に立つボコちゃんは、笑いを忘れまいと笑っているようだ。

広小路＝6月15日午後3時5分

9 カッラ〜ンな笑い、大儀の眠り

三人の女性、歯を見せて笑っている。何を話題にしてえるのが。右の女性は、わらいのセンセーでもあるのが、サガナみだいに、くぢをばっくりとあげ、ちかづげば、ノドもどこえで、ぐんじょういろの、なづの空でも覗《のぞ》げるみだいな気さえする。しばらぐ、まなぐ凝《こ》らしていれば、写真がら、あがるい、ええ声こが聞こえできそうだ……。「東京では、バナナはバナナというんですよ」「はあ。おらほでは、ナさアクセントがあって、バナナだいちゃ」「アハハハハハ」「ふぁふぁふぁふぁふぁふぁふぁふぁ」

鹿威《ししおど》しがカランと鳴った瞬間か、雷が光って音が来るまでのほんのつかのま闇夜が一瞬昼間をつくりだし……。

カッラ〜ンカラカランカラカラ。轟《とどろ》きわたる沈黙のひかり。天《てん》狗《ぐ》もつられで笑ったがな？

わらえば、ねむる。うっすらど、くぢあげで、ぐっすり……。

石巻中央公民館の避難所＝8月16日午前7時25分

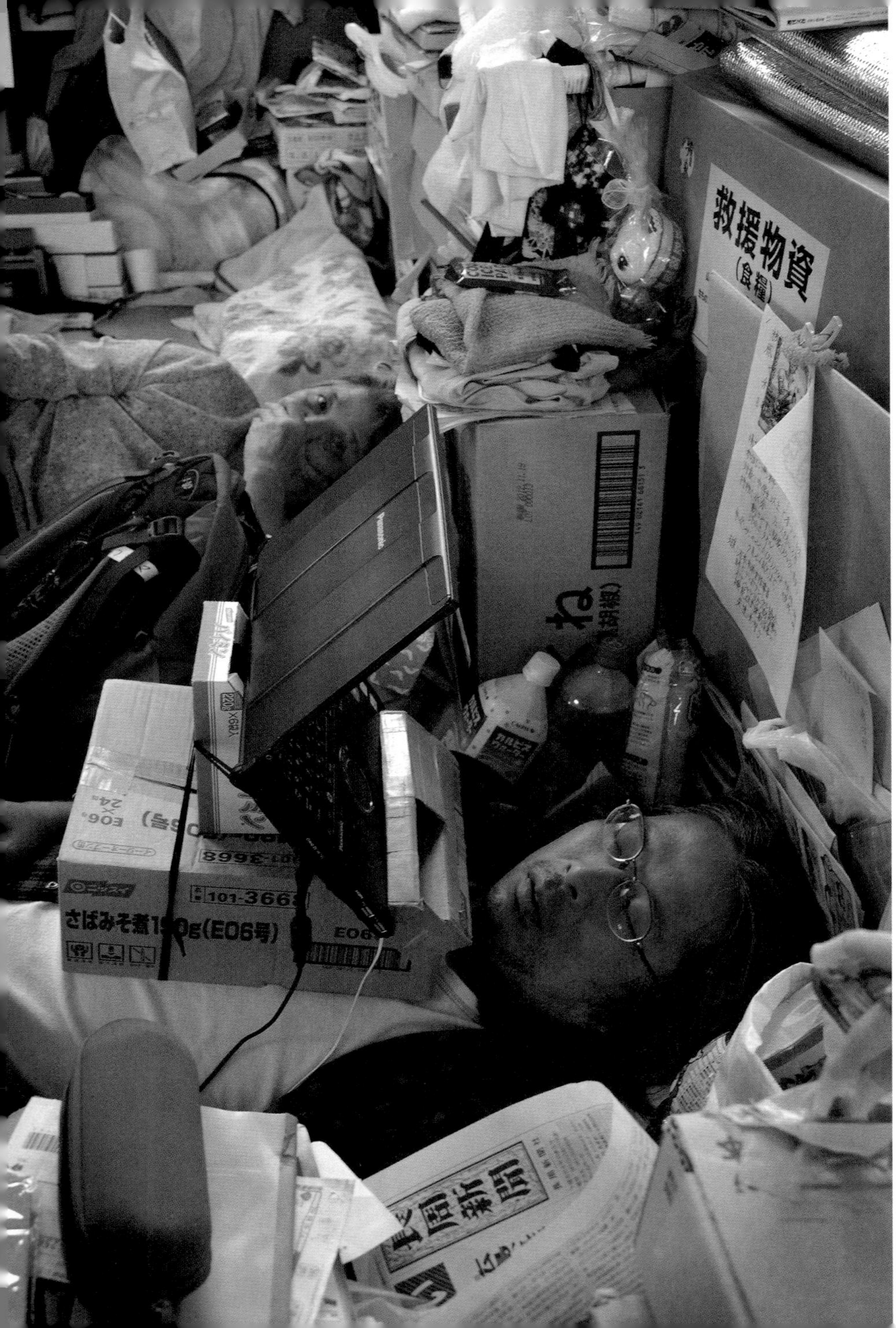

すべて、

おもふだけですませて、頭からふとんを被つて沈澱してゐたいのである

＊大儀——くたびれてだるいこと。何をするのもおっくうなさま。

＊引用は、山之口貘の詩「大儀」より

石巻市立門脇中学校の避難所＝8月20日午前11時35分

パブリック圏としてのイギリス演劇

シェイクスピアの時代の民衆とドラマ

中村友紀

近代イングランドにおいて、演劇はメディアとして「セルフ・ファッショニング」の指標を与え、近代的自我の形成・個人と社会の関係性の決定に関与していた。
演劇の役割と精神史をひもとく画期的著作。

［本体3000円+税・四六判・342頁］
ISBN978-4-86110-501-2

異文化理解とパフォーマンス

Border Crossers

松田幸子・笹山敬輔・姚紅 編

在日朝鮮人文学、新劇とアイドルヲタク、明治のドストエフスキー翻訳、アジアにおけるシェイクスピア受容……「上演」「実践」としての「パフォーマンス」概念を鍵に、ジャンル、時代、民族、地域、言語、性を超えた地平をめざす挑戦的論集。

［本体 4500 円 + 税・A5 判・504 頁］
ISBN978-4-86110-499-2

一人の詩人と二人の画家

D・H・ロレンスとニューメキシコ

クヌド・メリル 著／木村公一・倉田雅美・伊藤芳子 訳

放浪の人生を送った小説家。ある画家が見た、ありのままの姿。ロレンスと二人のデンマーク人画家クヌド・メリルとカイ・ゲチェが、アメリカ南部を旅した際の回想録。生身のロレンスを活写し、その創造的精神を明らかにする。

［本体 4100 円 + 税・A5 判・488 頁］
ISBN978-4-86110-498-5

いないも同然だった男

パトリス・ルコント 著／桑原隆行 訳

「誰にも見えない男」は美しい同僚へ愛を伝えるため、自分の存在を証明するため、英仏海峡を泳いで渡る計画を立てるが……。フランス映画の巨匠ルコントの最新作は、ちょっとまぬけで哀しい男の物語。

［本体1800円+税・四六変型判・188頁］
ISBN978-4-86110-458-9

●アンドレ・バザン
映画を信じた男

著者：野崎歓
本体二三〇〇円+税
四六判　二三〇頁
ISBN978-4-86110-456-5

トリュフォーを監督として育て上げ、映画批評の金字塔『映画とは何か』を著したバザン。彼の美学は没後半世紀を超え、アジア映画、宮崎アニメにも通じるのか。当代きっての仏文学者が、映画に宿る力と映画への熱き思いを語る。

●八月の瓜（バーユエ・グワ）
——母へ

著者：彭学明
訳者：立松昇一・舟山優士
本体二五〇〇円+税
四六判　三三二頁
ISBN978-4-86110-520-3

中国少数民族・土家（トゥージア）族の著名な作家による自伝的小説。文化大革命、大飢饉……過酷な生活の中で四度結婚し、子どもたちを育てた母の愛と執念。湘西（シアンシー）地方を舞台に、母と子の確執、子の母への思いを濃密に描く。本邦初訳。

話　題　の　本

●鎌倉三猫いまふたたび

著者：ソーントン不破直子
本体一五〇〇円+税
四六判　一五六頁
ISBN978-4-86110-515-9

小町、タマ吉、みなみの目くるめく冒険。猫が詠いラップを唱え、死と神秘が共存する。「いつか長靴をはいた旅猫になってアビシニアに行くんだ」半径500メートルのミステリアスな宇宙。

『鎌倉三猫物語』続編。

●幻想と怪奇の英文学Ⅱ
——増殖進化編

責任編集：東雅夫・下楠昌哉
本体三二〇〇円+税
四六判　四八〇頁
ISBN978-4-86110-516-6

気鋭の文学者らが論じた幻想文学の本格的な研究・批評の集成、第2弾！ ジョイス『ダブリン市民』の「姉妹」新訳や、翻訳家・平井呈一をめぐる対談（東雅夫×下楠昌哉）も収める。

10 みるめ

写真家橋本照嵩はまた俳句をものする俳人でもあり、「ツバメの子母飲み込んで口を閉づ」の句は、朝日俳壇の選者でもある金子兜太に高く評価された。四羽のツバメの子にレンズを向けたとき、あるいは自身の句が脳裏をよぎったかもしれない。ツバメの子の口は大きく開けられ、顔は見えず、餌を運んでくる母ごと飲み込むいのちの勢いだ。人の子も、成分を血と通わす母の乳によって育つ。見る目は外へ向かいつつ、被写体が鏡となって内をも写しださずにはおかない。

浦から引き上げられた自動車は泥にまみれ、ハンドルは海藻に覆《おお》われ、泥の着いたシートに二個の石が乗っている。海松と書いて「みる」または海松布と書いて「みるめ」という海藻がある。古来、日本人は、「会う」の意のある「見る」「見る目」に掛け海松、海松布を歌に詠んできた。そのうちの一つ。

別れのみを島の海士の袖ぬれて又はみるめをいつか刈るべき

藤原定家

「を島」は雄島または御島。を島の「をし」に「惜し」が掛けられており、ふたたび会える日はくるかと別れを惜しむ。

右）尾崎地区＝8月19日午前11時25分
左）長面地区＝8月19日午前11時15分

II 白い道

白い道がつづいている。こちらでは広く、遠くになるほど細く狭い。道幅は同じはずなのに、そう見えるし、そう写る。絵を描くとき、地上にいるのに、まるで空中からでも見たように同じ幅の道を描いていた子どもが、いつからか、こちらで広く、はるかで細い道を描くようになる。遠近法はこの世の絵の描き方だ。時間はどうか。

きのうのことは、はっきりと憶えている。ひと月前ならどうだろう。ふた月、み月…。さかのぼればさかのぼるほど、記憶はあいまいになり、よほどのことでなければ忘れてしまう。忘れてしまうことが恩寵《おんちょう》と感じられ、はっきりと憶《おぼ》えていることが痛みをともない、苦しく、切ないこともある。しかし、どんなに速く走る新幹線の中からでも、月や星や太陽が停まって見えるように、輝く宝の一点にとどまって、忘れられないことだってあるのだ。忘

大川地区＝7月12日午後0時10分

れてしまっては、私が私でなくなる。ひかりが太陽から来、この世の暮らしが成り立つように。

うつつに会えないのなら、夢で待っていますと手を合わす。ずっと、ずっと、ずうっと。幸いあれかしと。

大川小学校＝10月23日午後1時15分

12 写楽――我と汝の対話の地平へ

眉間に皺を寄せ、目を見開き、首を伸ばしまっすぐに相手を見据える女性のアップの顔を見たとき、すぐに、東洲斎写楽描くところの「三代目大谷鬼次の江戸兵衛」を連想した。勢いのすがた形がそっくりだからだ。鬼次《おにじ》扮する江戸兵衛《えどべえ》の絵は、単独のものでなく、今まさに刀を抜こうとする市川男女蔵《おめぞう》扮する奴一平《やっこいっぺい》に挑みかかろうとする姿を捉えて見る者を圧倒する。二つの絵は、対峙する双方を描いた対のものであり、緊迫する我と汝に寸分の隙《すき》もない。隙あらば、とじりじり迫り、迫り、勢い余って傾《かぶ》く。

二〇一一年一一月一七日、行政側による復興計画の説明会が行われた。さまざまな声が上がるなか、ふたりは、向き合う役人に、所属も役職もいったん外し、ひとりの人間としてどう思い、考えるのかと切実に対話を望んでいるようだ。写真は、江戸時代の天才絵師にも似、まばたきをゆるさぬ場の緊張の瞬間を捉えた。

「〈なんじ〉との関係は直接的である。〈われ〉と〈なんじ〉の間にはいかなる観念、計画、幻想も成り立たぬ。……………間接的な手段、媒介はすべて障害である。ただすべての手段が破れるところにのみ、出合いがおこるのである。」

＊引用は『我と汝・対話』（マルティン・ブーバー著／植田重雄訳　岩波書店）より

右）門脇中学校体育館＝11月17日午後8時5分
左）門脇中学校体育館＝11月17日午後8時40分

13 石は砕けず、千金の玉をつぐ

平塚仁太郎さん、当時七十歳。夜な夜なわたしは、好きな酒を嗜《たしな》みながら、写真の円《まる》い、まあるい御顔《おかお》を拝顔凝視しているうちに、どうしたわけか、突拍子もなく、荒唐無稽《こうとうむけい》な想像が胸をよぎる。仁太郎さんは、昔むかしの、そのまた昔、人類がまだ地球上を闊歩する遥《はる》かの以前、ひょっとして石だったのではないかと…。

天狗が団扇《うちわ》で岩をサッと撫でる間《ま》眠っているうち、幾億年の歳月光陰が濾過《ろか》され、地球からごっそり離れた塊《かたまり》が地球をめぐる。やがて兎《うさぎ》は棲《す》みはじめ。それからさらに時は過ぎ。

ながい眠りから眼が覚めた石は、自分の体が人間になっているのを見る…。人間になった角張った石は、まん丸丸に変貌を遂げ。そこへ、マグニチュード九、最大震度七の地震。津波が押し寄せ、押し寄せ。それでも砕けず、どっこい石は生きておる。記憶の底の、底の石。漁師となって、今、魂《たま》を抱《いだ》き、祈り千金の玉をつぐ。「孫娘を女学校さあげねばなんねぇ。休んでなんどいられっか！休んでなんどいられっか！」。寄り添うように鷗が一羽。

右）折浜＝11月18日午前11時50分
左）折浜＝11月18日午後0時45分

14
鷗

一万五千七百回のシャッター音
四万七千点のラッシュの中から
不意に現れた　一枚の写真
手には　スコップ
土を掘る　というよりも
まるで何か　語りかけているようなのだ
後ろには　竜の頭《かしら》のバックホー

土になりたい

右手　左手　第一関節　第二関節　わたしの手
足先にペディキュア　わたしの足

微風が　首を撫《な》で
脇腹にそっと　触れてみる
パーツはある　のに
あなたがいなくなってからというもの
軀はまるで　機械仕掛けの空飛ぶ案山子《かかし》

鴟は　降りる場所があるのに
わたしには　降りる場所がない
いのちの雫《しずく》　かけがえのない
ダイヤを失《な》くし　わたしはただ
ぐわしゃら　ぐわしゃら　ぐわしゃら
重さをもたぬ蒼穹《あおぞら》を
漂っているばかり

土になりたい　欺かれぬ
あなたと　ともの

偽り知らぬ　赤やかなる岸辺
黄金《こがね》色の灯火
生命《いのち》の涯《はて》の恍惚の
太古の記憶
聖夜を統《す》べる竜の腹
巨《おお》いなる慟哭《どうこく》と笑いの地へ
非在の眠りを
眠らせよ

＊この詩は、写真集『石巻　2011.3.27～2014.5.29』巻頭に収録した。

大川地区＝12月31日午後0時45分

15 古代からの霊に聴く

震災後初めての元旦。写真家は、焼け爛《ただ》れた機械の裸体に何を見たのだったか。

東日本大震災が起こる前、阪神・淡路大震災を経験した詩人・佐々木幹郎は次のように記した。

「人間の造ったものは、必ず壊れる。どんな地震にも耐えられるような建物など、成立しない。もし仮に、震度七・五以上を耐えられる建物が都市に求められれば、わたしたちはどこを見回しても、原子力発電所のような景観をもったビル群に取り囲まれるだろう。」今の日本の姿を先取りしているようで慄然とする。

もう一枚。震災後、飯石《いびし》大島神社の住吉公園に何度も足を運び、そこにある松を多く撮った。

編集途上、ラッシュを見ながら橋本は「また撮っているね」とつぶやいた。自分のなした行為の不思議に打たれるように…。子供のころよく遊んだ場所であったということもあろうが、撮るというより、むしろ何かに導かれるようにして撮らされた。闇に浮かぶシルエットは、竜を思わせる。竜とは何か。後漢の時代、中国の許慎《きょしん》が編纂した最古の字書・説文解字《せつもんかいじ》によれば、竜は「鱗蟲の長なり。能《よ》く幽にして能く明、能く細にして能く巨、能く短にして能く長。春分にして天に登り、秋分にして淵に潜《ひそ》」み、古代より霊獣とされてきた。

詩人が大地をよりしろに未来を予見するように、写真家は天淵の霊に導かれて未来を透視する。

*引用は『やわらかく、壊れる』(佐々木幹郎　みすず書房)より

右)門脇町＝2012年1月1日午前7時15分
左)住吉公園(飯石大島神社)＝1月7日午後4時55分

UNIVERSITY

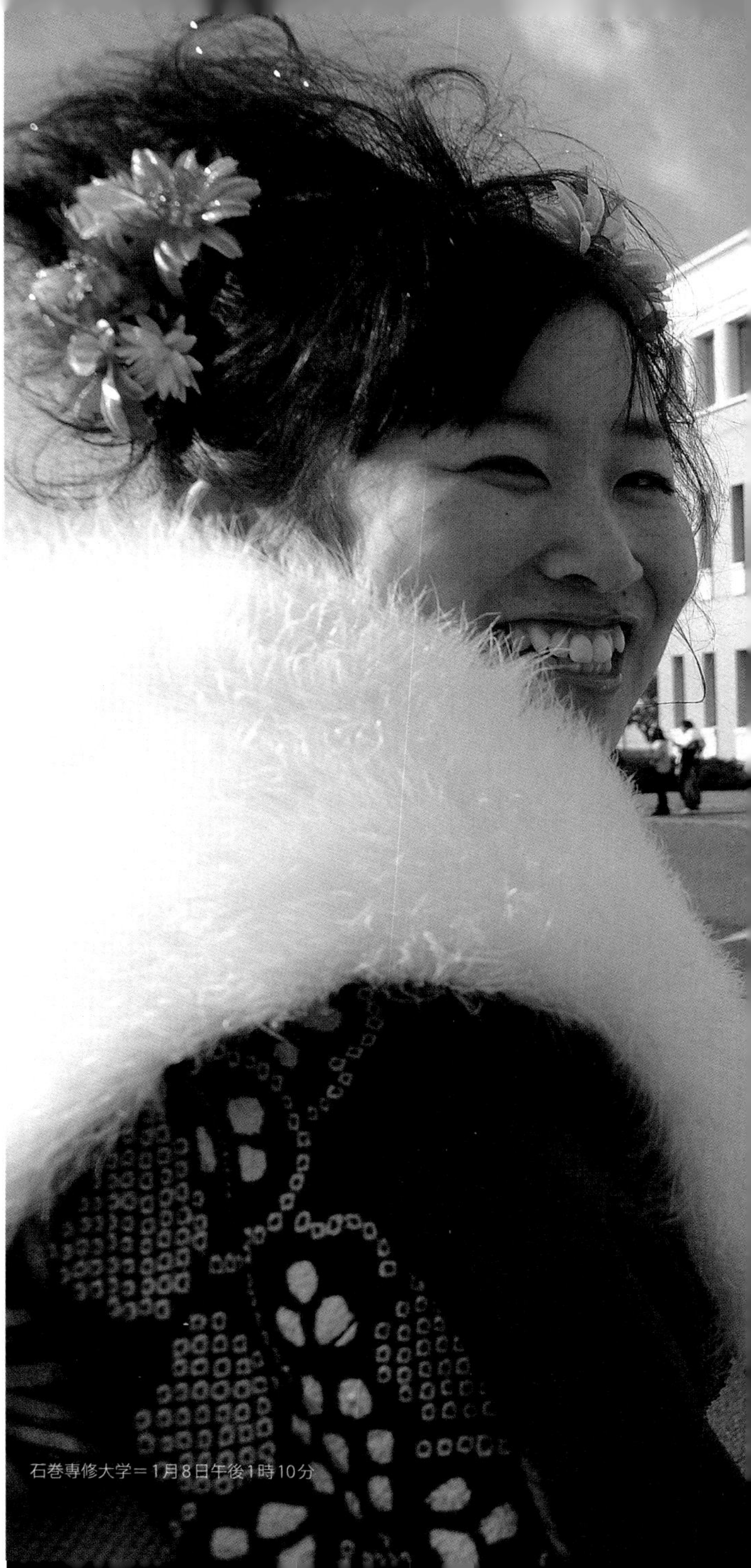
石巻専修大学＝1月8日午後1時10分

16 橋を渡る

ミラボオ橋の下をセエヌ河が流れ
　われ等の恋が流れる
わたしは思ひ出す
悩みのあとには楽《たのし》みが来ると

ギィヨオム・アポリネエル「ミラボオ橋」（堀口大學『月下の一群』講談社）より

おめでとう！　写真撮らせてもらっていいですか？　振り向いた新成人ふたりの華やぐしなやかさ、やわらかさ、はつらつさ。ウォークマンを持ち、ネイルアートがほどこされ、肩には白いふわふわのショール。そして、この笑顔。おかげでこちらはホッと肩の力が抜け、スッと寄り添うことができるのだ。

平成三年四月二日から平成四年四月一日までに生まれた若者約千人が、旧北上川沿いに建つ大学の一堂に会した。

この二十年間、どんな時が流れていったのか。バブル崩壊、ソビエト連邦崩壊、松本サリン事件、地下鉄サリン事件、阪神・淡路大震災、アメリカ同時多発テロ事件、イラク戦争、新潟中越地震、東日本大震災…。内憂外患の事象は絶えず。一方でウィンドウズ95の発売、消費税五％、長野オリンピック開催、学校週五日制導入、携帯電話の加入数が一億二千八百万人を超え、日本の総人口に匹敵するなど、時代は確実に流れ、流れ、錯綜し、うずを巻く。

この日、式典は黙禱から始まった。

17 苦労をともに

天《あめ》が下のすべての事には季節があり、
すべてのわざには時がある。
……………
泣くに時があり、笑うに時があり、
……………

旧約聖書「伝道の書」第三章より

湊小学校六年一組の同級会。前もっての情報がなければ、小学校を卒業して以来散り散りになった幼なじみが、数年に一度集まって楽しい会を開いたときの記念写真と思うかもしれない。それぐらい、お互いの距離が感じられず、場が和《なご》んでいる。しかし、この写真は、同級会は同

級会でも、小学時代の同級生のそれではなく、震災の際に、湊小学校六年一組の教室でいっしょに避難生活をした方たちが集まっての〝同級会〟なのだ。

佐藤哲美さん（当時、六十四歳）もその一人。母と避難した佐藤さんは、四十七日間風呂に入ることができなかった。班長として、仲間になった人と生活をともにした。写真に写っているどなたもどなたも、笑顔であることがありがたい。一年の苦労は、何十年の苦労にも匹敵しただろう。「みんないっしょに苦労したがらね。仲がいいんです」

開成団地の集会所＝2月8日午後2時30分

18 光のさざなみ

水があった。
大いなる水の上に、
空のひろがりがあった。
空の下、水の上で、
日の光がわらっていた。
子どもたちのような
わらい声が、漣のように、
きらめきながら、
水の上を渡ってゆく。

長田弘「世界の最初の一日」より

小さな鯉のぼりが風にゆれる。製紙工場の二本の煙突から立ち上る煙は右へたなびき、小走りの少女の髪も風を受けてながれる。空を食べて太ったのか、キリンとイルカが笑っている。土に差された風車をまわすほどの風はまだ来ないけれど、光はたしかにやって来て、友なる影は、少女を離れずに踊っているらしい。

きのうと明日をつなぐ今日でなく、子どもはいつだって、取り替えのきかぬ世界の最初の日を生きている。

右手に菊の花束をもつ幼子《おさな》の足もとに、水たまりがあって、空と後ろの森をたたえ映し出す。かすかに波打ち、小さく、小さく、静かにふるえ。沈黙のことばは、ささやかれ。震災から一年がたった、あたらしい一日の始まり。

午後二時四六分、黙禱。

光さざなみ、気圏のはてへ。

右）門脇地区＝3月11日午前9時20分
左）大川地区＝3月11日午後1時5分

19 明神丸

空の鳥を見るがよい。まくことも、刈ることもせず、倉に取りいれることもしない。それだのに、あなたがたの天の父は彼らを養っていて下さる。

新約聖書「マタイによる福音書」第六章二六節

この日、二艘の船が塩と日本酒で清めたあと、進水した。塩は海から採られ、日本酒は米から造られる。〝お清め〟になぜ塩と日本酒が使われるのだろう。自然の恵みをいただくことで初めて成り立つ生命《いのち》のありようと関係がありそうだ。

海の水が塩っ辛いのは、海の底深くに塩の山があって、それが少しずつ溶け出しているから、また、不思議な臼《うす》が延々塩を挽《ひ》いているから、と考えた人もいる。

地球が生まれた四十六億年前、生き物はまだ登場しない。火の球のようだった地球はやがて冷え、水蒸気が水となり地表に降るとき、大気中の塩素ガスを溶かし酸性の雨となる。それが川となって流れだすとき、岩石中のナトリウムと反応し塩がつくられ海へ流れ込んだともいわれる。その膨大な時間。何十億年前からの恵みをいただき生命《いのち》たちは、養われ、つがれ、保たれる。

〝海の男〟遠藤政義さん（当時六十三歳）の新しい船は、白波を立て、宮城県牡鹿半島福貴浦港へと向かう。生業《なりわい》にしてきたシャコエビ漁をまた始められる。天と地と海からの恵みをいただいて、人も生きられるのだ。日と月はいっそう明るく、明神丸は進む。

石巻湾＝6月5日午前11時15分

20 力の弱くなった天

空は　欺かれ　るのに慣れ
管理する　光の絞殺に
共犯は罪の意識もない

飯島耕一「アメリカ」より

天は、自ら助くるものを助けるはずではなかったのか。いつの頃からだろう、天は、年老いたのか、どうやら、力が衰えてしまったらしい。それでもまだ死なず、恵みをもたらしてくれている。自然の恵みを拒否して生きられる者など、ひとりとしていない。助力を必要としているのは、人間よりも、むしろ天のほうかもしれず、それほど疲弊させてしまったのだろうか。蜜蜂も、鳥も、魚も、それぞれにあって天を助けている。海が海らしく、天が天らしくあることに、人間は責任を負っている。

遠藤伸一さん（当時四十三歳、木工家）は、息子ひとり、娘ふたりを震災で亡くした。家はなくなった。かつて共に暮らした場所にひとり佇《たたず》む。伸一さんは、震災後、日々の生業《なりわい》を大事にしつつ全国の人びととのつながりを模索し、仲間と共に「チームわたほい」を立ち上げた。「被災者と被災地域への復興支援を主たる活動目的」に。天にとどけと悲願は深く。

言葉を持たぬ海も天も、恵みの海が海らしく、天が天らしくあるための支援を、黙《もだ》しの底で切に待っているのだろう。天は、自ら助くるものを助くと。

渡波地区＝6月7日午前8時30分

21 美のやどり

神は近きにあって
しかも捉え難い。
だが　危険のあるところ、そこには
救いの力もまた育つ。
暗黒のなかに鷲は棲み、
恐れげもなくアルペンの子らは
深淵を越えて
危うく掛かる橋を渡ってゆく。

ヘルダーリン「パトモス」（手塚富雄訳）より

……………

燦爛《さんらん》たる廃墟。動くものはない。いのちひとつなく。水に流され、火に焼かれ、それでもなお美と神秘は失われず、時の森に囲まれながら幾千年、幾億年の時間を旅する御堂のようなる写真。鬱蒼とした森に沈んだボロブドゥールの遺跡のように、豊穣なる沈黙の祈りを讃《たた》え威厳と静謐《せいひつ》ささえ感じられる。動くものはないけれど、地球はマグマを抱えて回転し、宇宙は膨張と収縮の夢を漉《す》く。大いなる物語をつむぐための。神秘の鷲は暗黒の空を飛び交い、子どもらは、足元を探り探り、橋を渡ってゆくだろう。幻の国ラピュタの人の住むところ。廃墟は廃墟を解き放ち、いま、自然と溶け合うまどろみの美をやどす。

石巻市立門脇小学校＝7月6日午後1時50分

22 幼子

匂ひだちつつ、うつつには
揺れしづまらぬ靄のいろ。

月のありかは見えながら
おぼめきまろし、水のうへ。

童女よ、座れ、むらさきの
まつげにやどる露ならば。

はかなけれども、ほのぼのと
地球も燃えて行きめぐる。

北原白秋「童女」（岩波文庫『北原白秋詩集（下）』収録『海豹と雲』より）

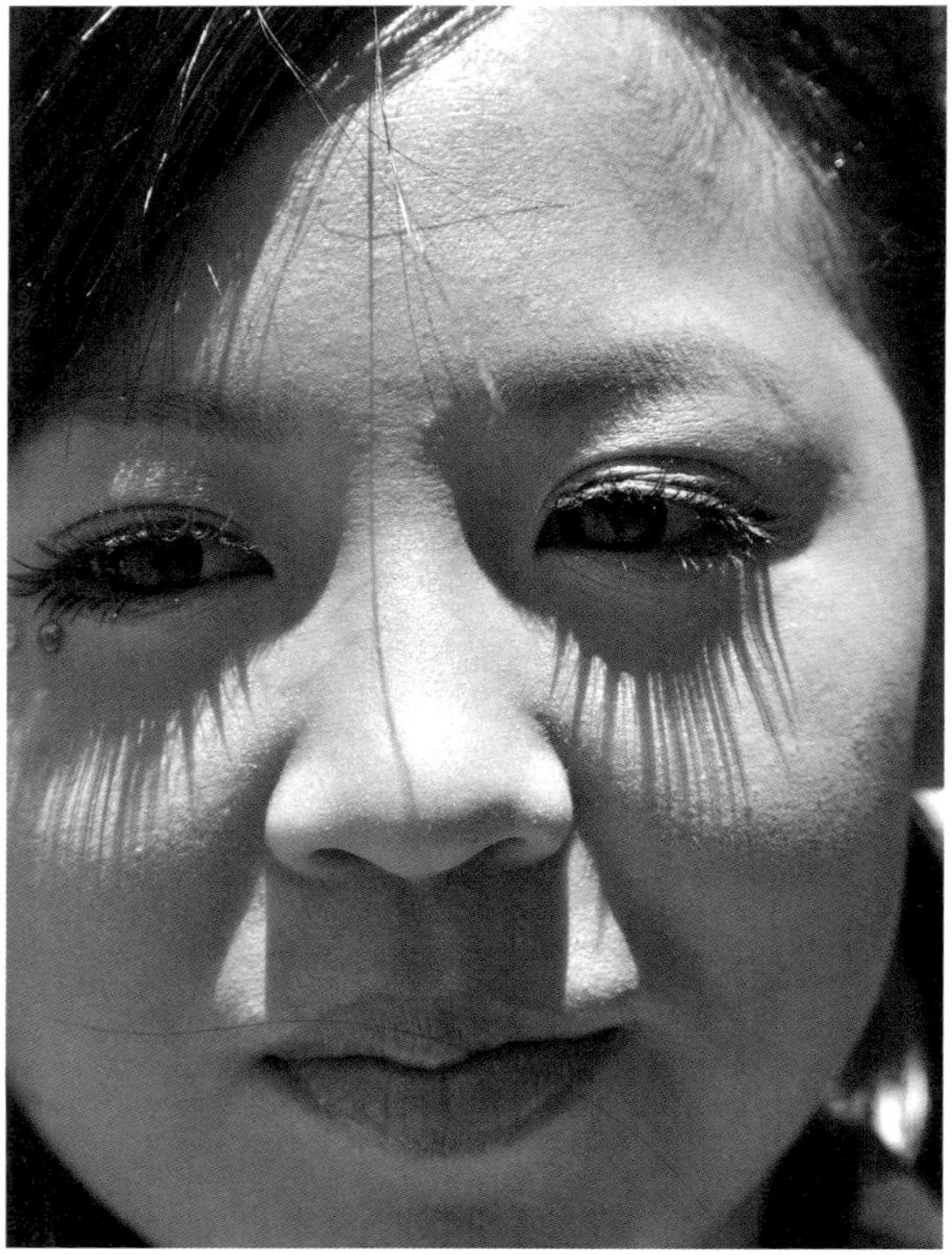

右）寿町通り＝8月1日午後0時10分
左）西内海橋から＝7月31日午後7時

川開きのこの日、鎮魂慰霊の祭りが催された。北上川右岸西内海橋のたもと近くの特設斎場に、女性たちの御詠歌と僧侶たちによる読経が流れる。一万の灯籠の影が川面に映え。だれも、だれも、首《こうべ》を垂れて、静かに掌《て》を合わす。時の川を流れていくのは、灯籠だけではないのだろう。ひとりでは生きられない人間は、何を分かって、何を分かっていないのか。たとえば人の魂は、死んでどこへ行くのか。ねえ、人は、死んだらどうなるの？　だれもがみな、幼子《おさなご》なのだ。

23 福耳

ある夜、法主さんが眠っていると、木の悲鳴をききつけて胸さわぎがする。外に出てみると、学生たちがキャンプをしている一本の木が呼んでいる。そこに行ってみると、今巨大な釘が打ちこまれたところで、そこにキャンパーはロープを結ぼうとしている。法主さんは頭をさげて、これでは木が可哀相だから、枝にロープを巻きつけるやり方で固定してくれないかと学生たちにたのみ、学生たちもそれを了承する。それから眠ることができたという。

真木悠介『気流の鳴る音』（筑摩書房）より

目は、喜ばしきもの、恐ろしきものを視るために。耳は、真実と虚偽を分かつ音を聴くために。舌は、己を隠して話すため、美味なるものを食するため、ざらつく棘を舐めるため、甘き陰にふれるため、上を向き口笛を吹くために。鼻は、くさきにおい、ほのかな香り、酸っぱいにおいを嗅ぐために。皮膚は、風や雨や、死んだひとたちの気配さえ、毛穴いっぱいに広げて感じるために。福耳の破顔の老人、ふと喜ばしき声を聴き、右手を大きく挙げたのかもしれない。「この世ではもう会えませんが、あの世では会えるのです」とヘルダーリンのおばがいう。閾《いき》を越えた音と悲鳴と願い、喜びの周波数をとらえられるか。永遠の至福の思想に至れるか。枯れた一本の木が、音を立てず、空に向かい手を差し伸べている。

右）渡波地区＝10月28日午前10時20分
左）南浜地区＝10月30日午後0時20分

24 竜の誕生

インド、アラビア、東南欧、ペルシア等に竜蛇が伏蔵を守る話すこぶる多い。伏蔵とは、英語でヒッズン・トレジュアー、地下に匿しある財宝で、わが邦の発掘物としては曲玉や胴剣ぐらいが関の山だが、あちらのは金銀、宝玉、金剛石その他最高価の珍品がおびただしく埋もれあるから、これを掘り中てた者がにわかに富んで発狂するさえ少なからず、伏蔵探索専門の人も、これを見中つる方術秘伝も多い。

南方熊楠『十二支考』より

たとえばこれまで過ごした人生の、悲喜こもごものなかから、一日だけ再現することが許されるとしたら、ひとは、どの日を選ぶだろうか。記憶の底のほうにある家族団欒の日だろうか。あるいは、絶対ムリだと思っていた友と仲直りできた日。神輿《みこし》をかついだ宵宮の日。朝、ふと目がさめて起きだし、ひとり静かに外へでて、光のくる方向に体を開いていた日。ざらつく冷たい霜柱を手の平で押しつぶした日。どきどきしながら恋人にプロポーズした日。孫が生まれ

大川地区＝11月18日午前8時40分

た日の朝。愛する人と最後に会話した日…。宝石よりもどんな財宝よりも、その一日を選ぶのは難しいかもしれない。もつことよりも、かけがえのないあること、あったことの記憶。有限な存在に与えられた時の宝に目を凝らし、耳を澄ます。ことばは人に習うけれど、黙することは神々に習うのだ。

長面の集落地は、地盤沈下と大潮のために水没した。湖面を走る烈風が逆巻き、いま竜が生まれいずるかのように飛沫《しぶき》をあげる。時の宝を守るため。

長面地区＝11月18日午後2時5分

25 日々の神話

戸外に出て、まぢかの丘に登ると、私は子供のようにただそこに立ちつくすばかりだ。天の高みから山々がどれもこれもこちらのほうへ次第に低く、近よりおりてきて、この快い谷間までできているさまに目をみはり、静かに喜ぶ。谷間の両側は、みわたすかぎり続く常緑の樅の森にふちどられ、その低みにはいくつもの湖水があり、小川が流れ、ここに私は住んでいる、大きな庭の中に。

ヘルダーリン書簡「妹へ　一八〇一年二月二三日」（横田ちゑ訳）より

一七七〇年、ドイツに生まれた稀有の詩人ヘルダーリン。ハイデガーが「詩人の詩人」と呼んだ。彼はまた、愛の詩人、河流の詩人とも呼ばれる。精神に病を得た後半生においても詩を放さず、古代ギリシアにあこがれ、ホメーロスに深く倣《なら》おうとした。いま初めての朝を迎えるように、自然の息吹と恩寵にこころをふるわせる。伝統の根からくみ上げる詩は、威厳と静謐《せいひつ》と喜びに満ち、国

と時代はちがっても、子供のこころと日々の神話を讃《たた》える叙情は二百年たっても涸《か》れることなく滔々と流れつづける。

フードセンター駐車場の片隅に、昔ながらのお飾り売りが一軒だけ店を構えていた。正月を迎えるための、繭玉、注連縄《しめなわ》が売られている。

古来、農家に少なくない収入をもたらしてきた養蚕業は、自然災害、天候不順、蚕病などにより繭の収穫量が大きく左右されてきた。人間の工夫ではどうにもならない事象をまえに、豊作を祈願し、人びとは自ずと手を合わすしかなかっ

たのだろう。身を低くし、厳粛な予祝の喜びに充ち。繭玉は、予祝のなかで生きる、生かされてあることの象徴ともいえる。子供のように見上げ、驚き、立ちつくし。明日《あした》、明日、明日、明日と叫ぶのだ。時を超え、日々の神話を生きるために。

右）中里地区＝12月30日午後4時5分
左）中里地区＝12月30日午後4時30分

26 ミルキーウェイ

わたくしといふ現象は
仮定された有機交流電燈の
ひとつの青い照明です
(あらゆる透明な幽霊の複合体)
風景やみんなといつしよに
せはしくせはしく明滅しながら
いかにもたしかにともりつづける
因果交流電燈の
ひとつの青い照明です
(ひかりはたもち　その電燈は失はれ)

宮沢賢治「春と修羅　序」より

厚く悲しい皮袋につつまれた存在のわたしたちは、そのままでは、皮袋から一歩も外へ抜け出られないのだろう。こころだけでなく、頭も首も胸も手も、一本の毛においてすら、わたしはわたし。だれでもない。でも、わたしは、わたしからそっと抜け出して、こころからあのひとに会いたい。ふたたび、いっしょになりたい。それには、たったひとつ方法がある。手を合わすこと。手を合わせて祈ること。祈りはまた手を生じさせ。手とは。存在から現象への仮定された橋渡し。有機交流電燈のひとつの青い照明です。

門脇地区西光寺、除夜の鐘供養＝12月31日午後12時15分

門脇地区西光寺、除夜の鐘供養＝12月31日午後11時50分

そのとき、皮袋は薄く、薄く、透明度を増し、限りある距離と銀の河を超え、遍在可能な複合体となり。せはしくせはしく、青く、明滅しながら。電燈は失われても、ひかりはたもたれ、わたしは深く息をつき、優しくも生きられる。風景やみんなといっしょに。ミルキーウェイ。

27 初日《はつひ》

マーシャ「それだって意味が？」
トゥーゼンバフ「意味がねえ……。いま雪が降っている。なんの意味があります？」

チェーホフ「三人姉妹」（神西清訳）より

世に神秘を嗤《わら》ふ者あり。学者に多し。思はざるの甚《はなは》だし。凡《およ》そ清浄なる者は是れ神秘に由らざるはなし。

新井奥邃「投火艸　七」（『新井奥邃著作集』第五巻）より

現実に起こることの意味をひとはどれだけ想定できるだろうか。想定の内も、外も、いずれ人智の範囲内。人智の及ばぬ意味、意味のない意味、意味を超える意味を、なんと呼べはいいだろう。

いま、東の稜線が明るくなり、ようよう初日が昇ってくる。強烈な光線は北上川河口を一瞬黒く沈ませ。川面に枯れ果てた大きな黒松。清浄と感じるこころのほか、そこにどんな意味があるだろう。常の鷗が遠く、近く、初日に向かうように、羽をいっぱいに広げ飛んでいる。

＊新井奥邃《おうすい》　一八四六年、仙台藩に生まれる。本名は常之進《つねのしん》安静《やすよし》。一八六六年に江戸に遊学し安井息軒の三計塾に入門、学を磨く。のちに、縁あって森有礼の知遇を得、キリスト教を深く学ぶため、一八七一年、森に伴われアメリカに渡りトマス・レイク・ハリスのコミュニティ新生同胞教団に入団、生活しながら特色のあるキリスト教を学び、一八九九年に帰国。

住吉公園＝2013年1月1日午前8時10分

28 ヴェール

わが存在の奥深く、幽《かす》かな　仄《ほの》かな微光《あかり》につつまれて住んでいた
女《ひと》、朝の光のなかでもヴェールを脱ごうとしなかった女――
……………
多くの人たちが　わたしの扉をたたき、その女に会うことを求め
たが、失望のうちに去って行った。
その女と近くで顔を見合わせたものは　この世のなかに　一人と
していなかった。そしてその女は　ひとりさみしく　あなたに
逢って認められる日を待っていた。

ラビンドラナート・タゴール「ギタンジャリ」（森本達雄訳）より

二〇一三年元旦。零時になるのを待って、日和山の鹿島御児神社に参拝の人びとが集い、夜遅くまで列をつくった。

鹿島御児神社＝1月1日午後4時

厚手のコートをまとってはいても、ヴェールで顔を覆《おお》ってはいない。太い綱が幾重にも縒《よ》り合わされ、顔の横に下がっている。内なる海に深く針を落とす祈りに、ひとの言葉はとどかない。こころの襞《ひだ》にとどかない。魔法の言葉はないものか。悲しみだけがひとに逢い、悲しみをそこに見、眼を閉じる。どうしたらいいのでしょう。ヴェールを脱ぐ日は来るだろうか。名状しがたく、詩が、詩だけが、ぽつんとそこに立っている。悲しみが失望し去っていった。

鹿島御児神社＝1月1日午後4時45分

29 長靴セブン

そのとき西のぎらぎらのちぢれた雲のあひだから、夕陽《ゆふひ》は赤くなゝめに苔《こけ》の野原に注ぎ、すすきはみんな白い火のやうにゆれて光りました。わたくしが疲れてそこに睡《ねむ》りますと、ざあざあ吹いてゐた風が、だんだん人のことばにきこえ、やがてそれは、いま北上《きたかみ》の山の方や、野原に行はれてゐた鹿踊《ししをど》りの、ほんたうの精神を語りました。

そこらがまだまるつきり、丈高い草や黒い林のままだつたとき、嘉十《かじふ》はおぢいさんたちと北上川の東から移つてきて、小さな畑を開いて、粟《あは》や稗《ひえ》をつくつてゐました。

宮沢賢治「鹿踊《ししをど》りのはじまり」より

キーンと耳鳴りがし、ガタガタからだがふるえたら、鹿どもの風に揺れる草穂《くさぼ》の気持ちや、空の波をすべるように泳ぐ鷗たち、地を這う蟻、きときとまなこの鼠、目頭を熱くする馬や牛、南の海で千年の眠りをくつろぐ鯨たち、ありとあるいきものの気持ちが、ことり分かる瞬間の前触れのごと、この子の風車はざあざあの風を得てくるくるくるくるくるくるくる。

枯れ蘆は風に吹かれ。

棒杭に逆さに吊るされたゴム長靴は夕陽を浴び、7、セブンと告げている。七つの海よりいのちは来たる? 地球は宇宙の見えない棒杭の周りをぐるぐるぐるぐるぐるぐる。長靴セブンは逆さになったLみたい。Ｌａｃｈｅｓｉｓ。ラケシス。未来を司るギリシアの女神。はてさ

て、そろそろ夜も七時をまわったがい？
北上の真新しい物語、ほんとうの精神が語り始
めようとしているようなのです。

右）門脇地区＝1月3日午後4時10分
左）門脇地区＝1月3日午後4時5分

30 木と祭り

野中にただ一本の高い木が聳《そび》え、またはその形の特に他のものとちがっている木ならば、人は直覚にでもこれが神様の木だということを感じ得たであろう。

……………

要するに日本の祭は、大となく小となく、都会と田舎、村の公けと家々の祭とを問わず、木を立てずして行うものは今とても一つもない。

柳田國男「日本の祭」より

白川静によれば、神霊にものを供えて拝することを「まつる」といい、神のあらわれるのを待ち、その神威に服することをいう。「待つ」と語源的に同じであり、まつりのことを「まち」「日まち」というところもあるそうだ。

日本の神、神霊は、木を依り代として、祭りにやって来る。

五月三日に写真家は祝浜におもむき、三十八メートルの大津波の渦に巻き込まれ皮を剥ぎ取られてなお雄勁《ゆうけい》な、圧倒たる大杉の姿をとらえた。明けて翌四日、大正末から伝承されてきた十三浜の大室地区で三年ぶりに行われたという大室南部神楽の様子を写真に収めている。舞台を終えた佐藤利喜夫さんは、テレビのインタビューに答え、震災で亡くなった師匠・佐藤

祝浜＝5月3日午後4時40分

清次さんに思いを馳せた。

大杉と、舞台に立つ佐藤さんの表情を見比べているうちに、柳田國男がかつて日本民俗の深い地層へ下りてゆき捉えた神妙を、写真家は直覚し、撮影に身を挺したと思わされる。木を、祭りを、ふるさとを、この写真家は写しているけれど、その深層の慄えを写させてもらっているのだと。

十三浜大室地区＝5月4日午後3時20分

31 歌を忘れぬ

あまり面白《おもしろ》いので、
ヤリ、ヤリ、ヒヒ、ヤリエウホフ
と吹《ふ》いて行《ゆ》くと、
それとても苦《くる》しゅうござらぬ、若《わか》いが二たびあるにこそ、
えい、そりゃ
枯木《かれき》で花《はな》が咲《さ》くにこそ……
どうして、こんなに面白《おもしろ》いのだか訳《わけ》がわかりません、尺《しゃく》八を手《て》ずさびにしてから、このかた、自分《じぶん》ながら、これほど愉快《ゆかい》に思《おも》うたことはありません。

……………………

中里介山『大菩薩峠【都新聞版】』第八巻より

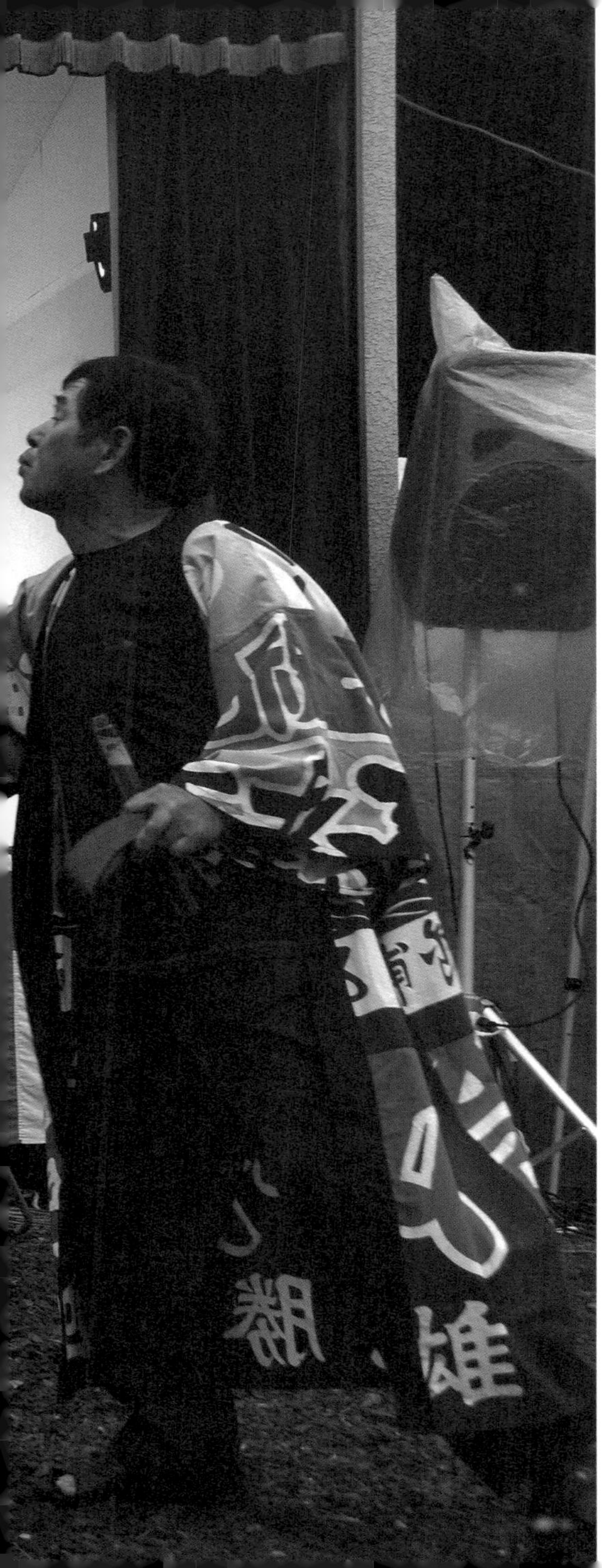

観音は観世音。大慈大悲の徳により衆生を救う菩薩であります。国の重要文化財なる高さ三メートルの十一面観音像を、給分浜と小渕の住民が守りました。

スコップ三味線を手にし、花が開いたように歌う目黒政明さんはこのとき六十七歳。肩にかけたタオルも粋にキマっています。何を歌っているのでしょう。軽やかに踊る人たちは、体も心も、絵の中の鳥といっしょに、今まさに飛び立たんとするかのようです。

後ろに見える提灯《ちょうちん》の「家内安全」「海上安全」はひとりびとりの願いであり、また、衆生済度《しゅじょうさいど》を知ろしめす観音様のはたらきであります。

給分浜＝7月26日午後6時35分

給分浜＝7月26日午後7時30分

給分浜＝7月26日午後3時40分

32 暮らしのなかでこそ

もし日本座敷を一つの墨絵に喩へるなら、障子は墨色の最も淡い部分であり、床の間は最も濃い部分である。私は、数奇を凝らした日本座敷の床の間を見る毎に、いかに日本人が陰翳の秘密を理解し、光りと蔭との使ひ分けに巧妙であるかに感嘆する。なぜなら、そこには此れと云ふ特別なしつらへがあるのではない。要するに唯清楚な木材と清楚な壁とを以て一つの凹んだ空間を仕切り、そこへ引き入れられた光線が凹みの此処彼処へ朦朧たる隈《くま》を生むやうにする。

……………谷崎潤一郎「陰翳礼讃」より

暮らしは暗し。同根であるともいわれる。ふるさとを思い出すとき、明るい陽のもとにあるよりも、薄暗い夢のようなる厠《かわや》辺の湿気を帯びてシンと静まった光景を忘れることができない。てふて

ふと飛んでゆくアゲハの妖しい影に見とれているうちに、時のたつのも忘れ、祖母に声をかけられなければ、どこか遠くに連れ去られていたかもしれぬとの想像すらわいてくる。きれいはきたない。きたないはきれい。一筋縄では行かぬところに、美も、詩も、暮らしの味わいもあるのだろう。

ふるさとづくりは、四方八方隈《くま》なく照らされる明晰なる計画だけ

門脇町＝7月28日午後4時55分

では息苦しい。暗さが生動するような場所が、計画の横の凹みのそこここにあってほしい。陰翳のある暮らしは柔らかな身ぶり、そこはかとない気配によってつくられる。

水溜りをジャンプする子らの影が地上に生き生きとした凹みをつくる。

「もっちょい本町笠屋のもなか」と手鞠唄に唄われた「笠屋」再建の蔭は深く。明治より数えて四代つづく暮らしの秘訣。「お父さんの目つきが全然違うんです」と四代目長嶋誠一さんの妻・理子《さとこ》さんは言う。

手鞠唄も、お菓子も、暮らしのなかでこそ味わいを増す。

中央1丁目＝7月30日午後2時20分

笠屋

33 灯《ひ》と陽《ひ》、うちとそとと

深い夜の管のなかに私がいた　管はどこまでも右へ右へと彎曲していて　奥へ
すすむにつれ　狭くなっていった
それは夜の蝸牛殻であった　私は渦巻状に整列した級数を一つずつ確めながら
無限小に近づいていった
……………

多田智満子「夜の管のなかに」より

相対のうちなる無限小の灯《ひ》、無限大の陽《ひ》。微分、積分、宇宙はなぞに充ちていて（Ora Orade Shitori egumo）鏡張りでできている大きな球のなかを、たったひとり、ひとは生きてゆかねばならぬ。父母未生以前《ぶもみしょういぜん》の光りは彼方《かなた》より来たり。

0・9999…をxとすれば、10xは9・9999…。いま10xからxを引き算（10xマイナスx）すれば、9・9999…マイナス0・9999…で、イコール9。9x＝9、xイコール1となる。この計算式のどこにも誤魔化しはない。もし、そう感じるとすれば、無限遠での交差をだれも体感できないように、無限小における交配、いのちの灯《とも》しをかつてだれも見たことがないからだ。

二〇一三年八月一日、そとは夏。夜の空に大輪の華がさく。ランプの灯は、東西南北、四方を透かし、無限大の陽から火をいただいて二〇一三年三月一一日を期し灯《とも》され、燃えつづける。うちはそとへと、そとはうちへと彎曲し。なにをきわめれば、そとへでられるのだろう？「周辺のない円環の中に、中心のない中心を占めて居る」との大拙の言まで喚《よ》びあわされてくるようなのだ。

南浜町＝10月3日午後5時

門脇町＝8月1日午後8時5分

34 しぐさとまなざし

たとえば日本人は悲しいときにほほえみをうかべていることがある。われわれには、そのほほえみがけっして喜びや愉快さからきているものでないことが、よくわかる。悲しがって泣くのが当然のときに、その悲しみにたえて、「顔で笑って心で泣いて」いるから、われわれはただ泣かれるよりいっそう健気で哀れに感じたりするのだ。

戸井田道三「演技　生活のなかの表現行為」より

阿部清隆さん夫妻は、この日、息子夫婦、孫たちと暮らしている桃生町を朝三時半に出発、もと居た鮫浦の船着場にやってきた。浜で長さ五メートルほどある黒い縄の縒《よ》りをひらき、等間隔に種海鞘《たねほや》を挟んでいく。

三年かかってやっと金《ぜに》になるのだ。

作業を終えた阿部さんは、船で種海鞘を沖へ運び、自身の区域の海に活《い》

けた。同乗させてもらった写真家に、「二年コの海鞘」を剥き、海水で洗ってから差し出した。

「ほれ」

海鞘をつまむゴム手袋の指先がやわらかい。すっくと立つ阿部さんは、こちらを見ていない。視線は下へ向かっているけれど、船を視ているわ

牡鹿半島鮫浦＝10月4日午後3時35分

けでも、海を視ているわけでもなさそうだ。結んだ口元が心なしかほほえみ、こみ上げてくるものをかみしめているようにも見える。作業途中、一瞬だけ浮かんだ妻の表情をカメラがとらえていた。この日。その峻厳さに言葉を失う。夫唱婦随、婦唱夫随でここまできた。

牡鹿半島鮫浦＝10月4日午後2時15分

35 五月の唄を待つ

ロバと王様とわたし
あしたはみんな死ぬ
ロバは飢えて
王様は退屈で
わたしは恋で

白墨《はくぼく》の指が
毎日の石盤に
みんなの名を書く
ポプラ並木の風が
みんなを名づける
ロバ　王様　人間と

……………

ジャック・プレヴェール「五月の唄」（小笠原豊樹訳『プレヴェール詩集』）より

鹿島御児神社＝2014年1月1日午後3時40分

初詣に向かう人たちが前を見、歩いています。来し方行く末の時をまっすぐに。一年前はうつむき加減の人が多かった。今年は社殿前の大鈴を見上げて鳴らし参拝する人が多いと、写真家は見ました。

春夏秋冬、四季折々どころか、日本には二十四節気、七十二候があり、時を受け入れ、時に感じ、日本人は暮らしてきました。自然環境の変化から、春と秋が短くなったとも言われますが、ＤＮＡに刻まれた歳時記のある暮らしは、そうそう変化することはないでしょう。

若いお父さんに抱かれ、大鈴を見上げる男の子。好奇心に満ち、おののきと不安の目をみひらき。これからどんな人生を送っていくでしょう。

わたしたちは、退屈な王様でも、飢えて死ぬロバでもありません。五月になれば恋をし、また恋をする。願い叶わず、やがて秋風が吹き、失くした恋の甘さと苦さを味わうこともあるでしょう。

『男はつらいよ』のなかで、甥の満男から、人間は何のために生きているのかと訊かれた寅さんは、「んー、なんて言うかなぁ、ほら、『あぁ、生まれて来てよかったな…』って思うことがなんべんかあるじゃねえか、ねぇ、そのために人間、生きてんじゃないのか」と。

鳴り止まぬ大鈴のなか、わたしたちは生きているのでしょう。

鹿島御児神社＝2014年1月1日午後4時25分

36 深き世界より

淡《あは》い粉雪《こゆき》が降《ふ》るわいな
乳母《うば》と下女《げぢよ》とはむかひゐて
世間《せけん》ばなしに夜《よ》を更《ふ》かす
村《むら》の芝居《しばゐ》で見《み》るやうな
圓《まる》い行燈《あんど》もともつてる
舗《みせ》の先《さき》では番頭《ばんとう》と
小僧《こぞう》が寄《よ》つて将棊《しやうぎ》する
正月《しやうぐわつ》すぎの我家《わがいへ》は
夜更《よふ》けて來《きた》る客《きやく》もなく
しんしんと沁《し》む淋《さみ》しさに
外《そと》では雪《ゆき》が降《ふ》るわいな。

有本芳水「粉雪《こゆき》」（『芳水詩集』）

この三枚の写真をはじめて見たとき、筆者は勝手に、〈恍惚〉〈瞑想〉〈覚醒〉と名づけました。恍惚的な表情、瞑想的な表情、覚醒的な表情をしている、ということではありません。目元、口元、頬のやわらぎ、生動する気韻、首のかすかな傾きも含め、それは、恍惚、瞑想、覚醒の

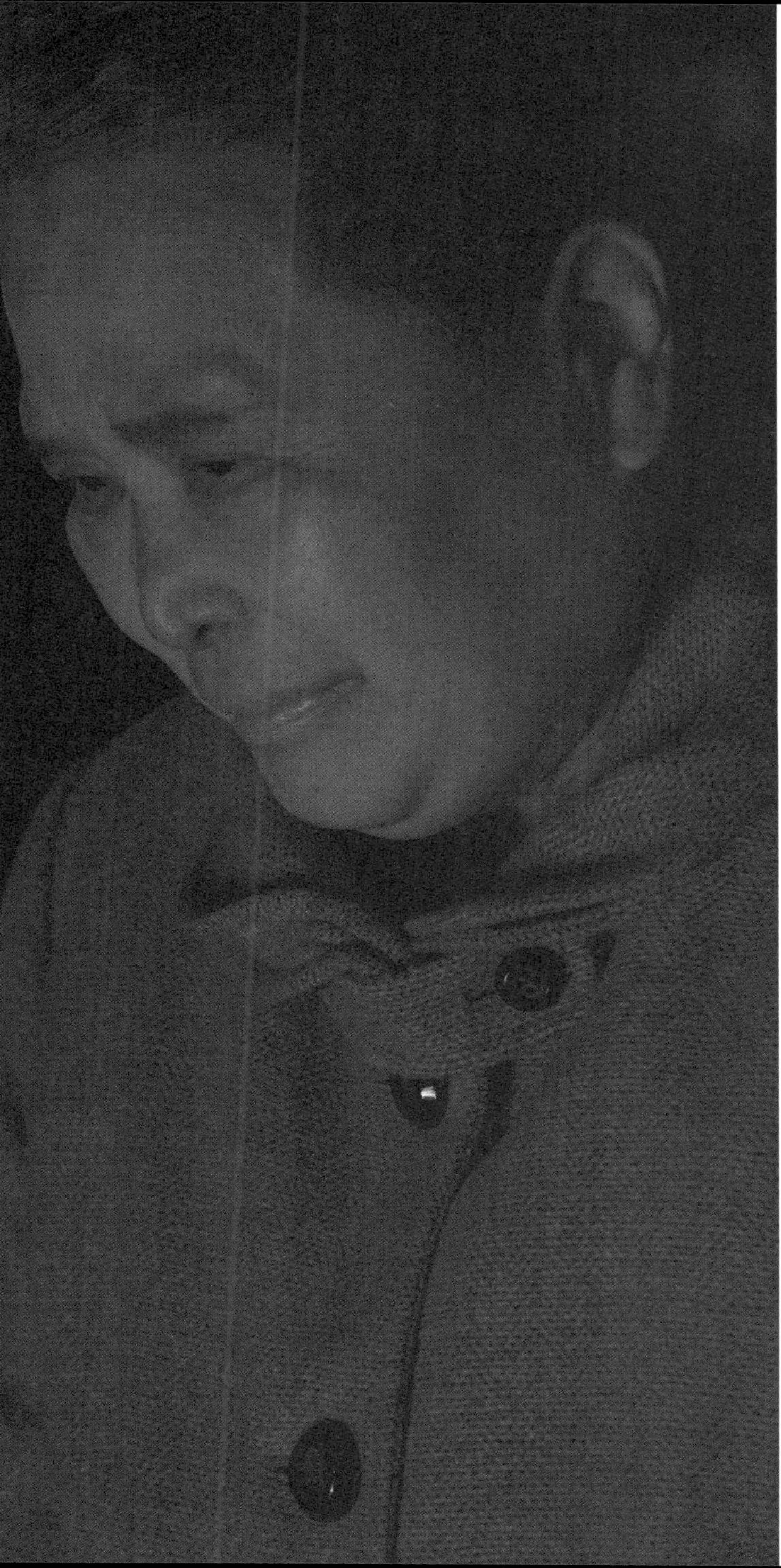

いわば本意《ほい》、ことばの深処、ことばの拠ってきたるところを生きていると感じたからです。じっと見ていると、ありがたく、深い世界がこちらにひたひた及んでくるのです。

震災後の時を生き、生の深さに触れ得たいのちが、百万言を要してもつかみきれない世界の深奥を、ことばによらず体現している…。具象を写

右）住吉公園（飯石大島神社）どんと焼き＝1月7日午後5時30分
左）住吉公園（飯石大島神社）どんと焼き＝1月7日午後5時45分

す写真が具象を超えでる三つの本意をとらえた瞬間に立ち会った気がしました。
しんしんと沁むのは、淋しさばかりでなし。具象も抽象もなく。深きより深きへ。悲願、祈願。淡い粉雪《こゆき》が降っています。

住吉公園（飯石大島神社）どんと焼き＝1月7日午後5時45分

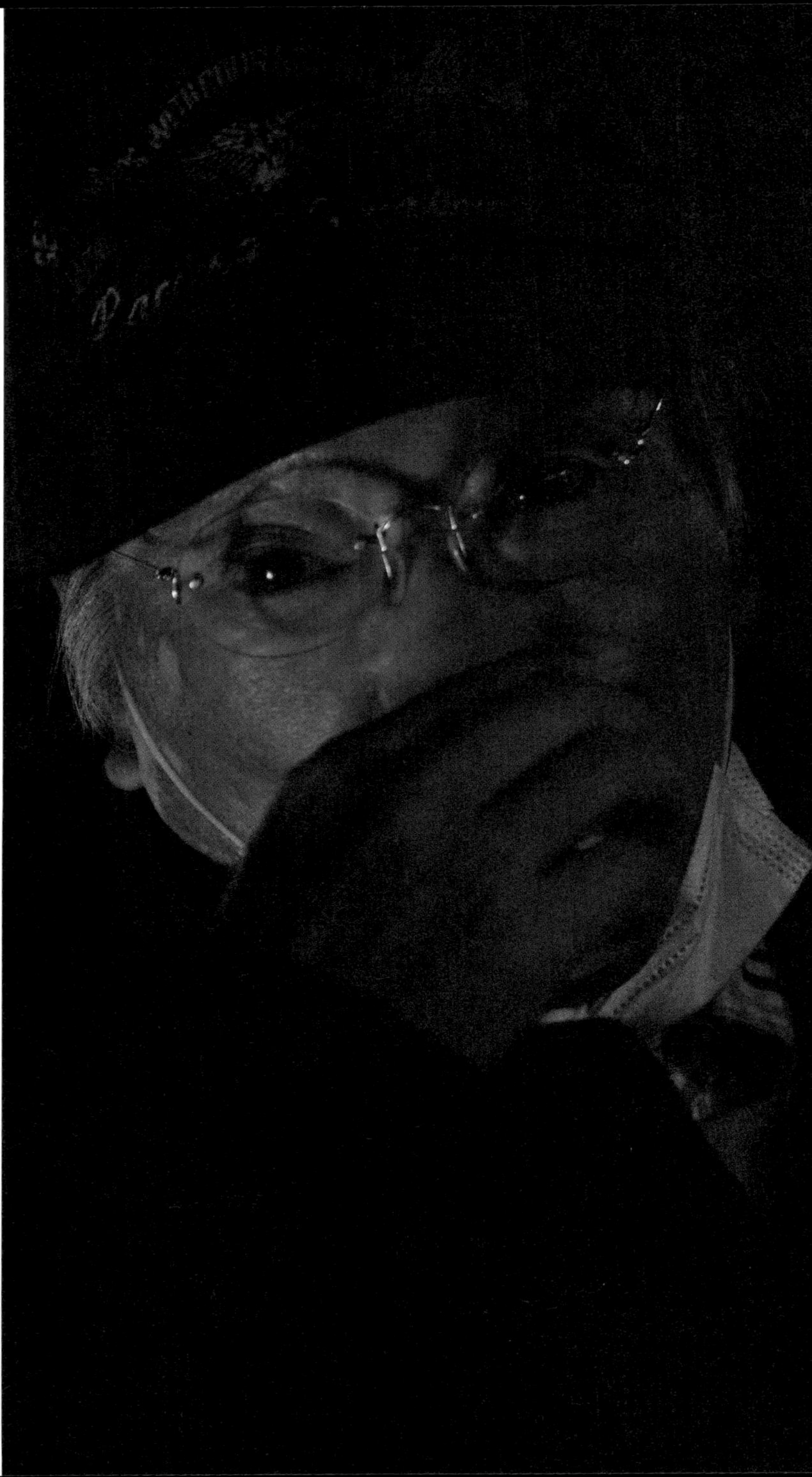

37 わが身ひとつ

月やあらぬ春や昔の春ならぬわが身ひとつはもとの身にして

在原業平「古今和歌集　巻第十五　恋歌五」747

月はそうではないのか。春は昔の春ではないのか。わが身はもとのままなのに。古代の人は詠います。

恋の歌ではありますが、愛《かな》し愛《かな》しと恋うるのは、成人した男女とは限らない。きのうまで親しくそばに居た人が、なんらかの理由により居なくなってしまえば、わが身ひと

大川地区＝3月11日午後2時55分

つ、存在の根拠を失《な》くして世界の底が抜ける。がらんどうが出来《しゅったい》する。虚《うろ》になった身を、風はひょうひょうと激しく吹き、吹き抜けてゆく。どんなことばも、助けも及ばない。だれに願い、どこにたのめばいいのか。弥陀の本願さえ。

午後二時四十六分。黙禱。烈風の中、防寒具に身を固めた小さな子どもは、それでも寒く、母のジーパンの股に手を滑り込ませた。子どもにとって母はふるさと。

がらんどうでない
わが身ひとつを
一人《いちにん》がため

大川地区＝3月11日午後2時5分

38 馬鹿写真家

めしの　あと　ちょっと　いねむり
めが　さめて　にはい　おちゃ　のむ
あたま　あげ　ひあしを　みれば
にしみなみ　いつか　かたむく
たのしけりゃ　ひが　みじかいし
くるしけりゃ　いちねん　ながい
くるしみも　たのしみも　なく
ながみじか　いのちに　まかす

白樂天「めしの　あと」（武部利男訳）

こんな楽しげなカラオケ教室なら、ひょっと顔を出してみたくなる。歌っている〝バッパ〟のなんと可愛らしいこと。小さなポシェットを斜めに掛け。マイクのコードを左手でぎゅっと握り締め。右ひざを軽く緩《ゆる》め、カメラのレンズを気にし、歌いながら画面左手にスライドしていくみたい。手拍子をするひと。口を開けて笑うひと。ひざを組みリラックスしている女性はカラオケ画面を見ているのだろうか。ひとり、写真家のレンズに焦点が合っているひとがいるけれど、そのことによってようやく写真家の存在に気づかされる。まさに場化写真。
日常の微《かす》かな、ことばに上《のぼ》らない喜怒哀楽、センチメントをカメラがとらえる。たのしみ。くるしみ。たのしみの横のかなしみ。おくすり手帳。ながみじか。自在な伸縮に同化し、今があふれ動きだす。瞬間の祝祭は、写真の発明前へと難なく超えでる。

場に化する写真、場化写真とは、筆者が橋本照嵩の写真を一言で表すものとしてつくった造語だ。橋本は、写真集『瞽女』に収斂する撮影行脚中、目の見えない〝ごぜんぼさ〟から、「橋本

さんとなら、いっしょに風呂に入ってもいいよ」といわれた！　それは、表現者にとっての宝であり、場化写真家、馬鹿写真家・橋本の真骨頂である。

場に化し、時間に化す。かつて詩人の谷川雁は「私のなかにあった『瞬間の王』は死んだ」と記した。橋本の写真を凝視していると、〝瞬間の王〟は声をひそめ、火の鳥よろしく蘇《よみがえ》ったといいたくなる。

右）仮設大橋団地＝3月25日午後2時40分
左）仮設大橋団地＝3月25日午後3時10分

39 仮設

一人はあかりをつけることが出来た
そのそばで　本をよむのは別の人だつた
しづかな部屋だから　低い声が
それが隅の方にまで　よく聞えた（みんなはきいてゐた）

一人はあかりを消すことが出来た
そのそばで　眠るのは別の人だつた
糸紡ぎの女が子守の唄をうたつてきかせた
それが窓の外にまで　よく聞えた（みんなはきいてゐた）

幾夜も幾夜もおんなじやうに過ぎて行つた……
風が叫んで　塔の上で　雄鶏が知らせた
——兵士《ジアツク》は旗を持て　驢馬は鈴を掻き鳴らせ！

それから　朝が来た　ほんたうの朝が来た
また夜が来た　また　あたらしい夜が来た
その部屋は　からつぽに　のこされたままだつた

立原道造「小譚詩《せうたんし》」

ゆるくねじった鉢巻を額に嵌《は》め、娘の大きな綿入れを身に纏《まと》ったイナセなおとこが颯爽《さっそう》と歩いていく。イナセは鯔背。イナは出世しボラとなる。綿入れの背中の模様がまさにボラ。まなざしは、どこに向いているのだろう。

「もう、いいがら…」ズボンの裾を揺らし、大股で去っていった。

男は、仮設された自分の家の引き戸を開ける。なかに入り、カーテンを閉める前、ほんの一瞬、ちらりと写真家を視、それから消えた。陸に上がった船乗り。

九十歳を超えた白髪の老母が目を瞑《つむ》り、いや半眼のまま、ベッドに横臥している。息子は、左足を前に伸ばし、壁に寄りかかり、こちらを見ている。額の感じ、口元が母に似ている。母が目を覚ましているときは、どんな話をするのだろう。母は、眠っているとき、どんな夢を見るのだろう。

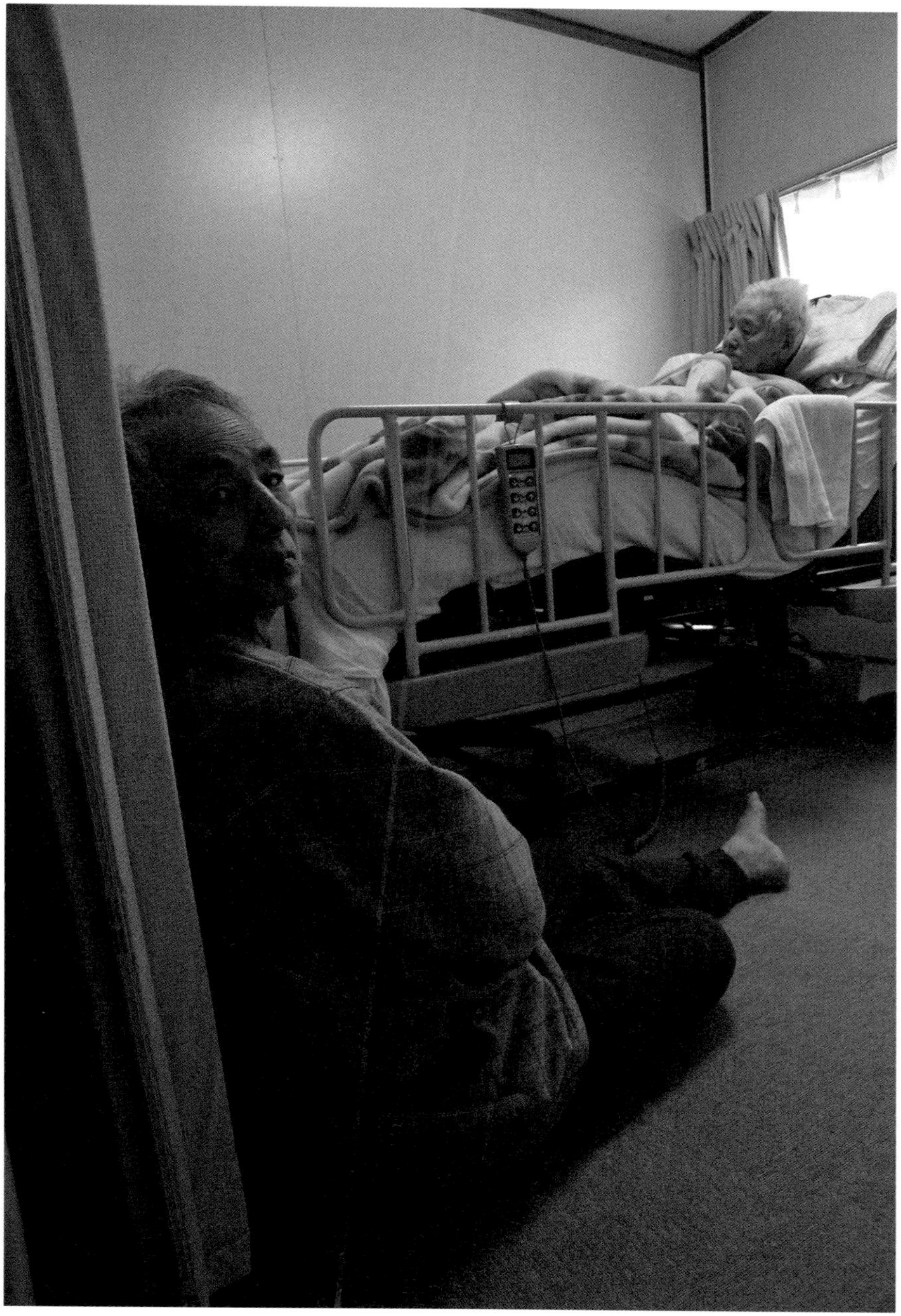

いくつもの朝が来て
いくつもの夜が来て
また　いくつ
ほんとうとあたらしいが
ほんとうとあたらしいに
なる日を迎えに

右）仮設大橋団地＝3月25日午後0時25分
左）仮設押切沼団地＝3月26日午後2時55分

40 大地の詩

大地の詩《うた》は　決して滅びない。
小鳥たちがみな　暑い太陽にげんなりして
涼しい木蔭にかくれるとき、歌声は
新しく刈り取られた牧場の　垣根から垣根へと伝わってゆく。

それはきりぎりすの歌声だ——華やいだ夏の
先ぶれとなり、——歓喜にも飽くことがない。
快楽に疲れたとき　こころよい草のなかに
きりぎりすは　安楽にやすらうからだ。（後略）

ジョン・キーツ「きりぎりすと　こおろぎ」（出口保夫訳）より

古来、自然信仰の聖地であった熊野への参詣が盛んとなり、熊野三山の祭神を勧請する神社が全国に広まったという。お伊勢参りも熊野詣《もうで》も、

自然に対する深い信仰なくしては成り立たなかっただろう。自然から生まれ、自然のなかではぐくまれ、やがて自然に帰ってゆくというのが多くの日本人の感性のはず。熊野神社が大きい小さいをふくめ、全国に三千余もあるということは、そのひとつの証であろう。

四月二七日、十三浜吉浜地区にある熊野神社の大祭が二〇〇一年以来、

北上町十三浜吉浜地区＝4月27日午前10時50分

十三年ぶりに執り行われ、神輿渡御《みこしとぎょ》が催された。

全身白装束に身を固めた勇壮な若者たちが、御神輿を担《かつ》ぎ、祭神とともに社《やしろ》を降りてくる。「じょうさい、じょうさい」の掛け声に合わせ。

「じょうさい」は除災。

木々は枝を伸ばしてそれを迎えるかのよう。いのちの祭典。じょうさい。

じょうさい。ひょいと顔を覗かせたおばあちゃん。

大地の詩は死なず。

北上町十三浜吉浜地区＝4月27日正午

41 田植え唄が聴こえる

賀茂《かも》へ詣《まゐ》る道に、田植《たう》うとて、女《をんな》の、あたらしき折敷《をしき》のやうなる物を笠《かさ》に着て、いとおほう立ちて、歌をうたふ。折れ伏すやうに、また何事するとも見えで、うしろざまに行《ゆ》く。いかなるにかあらむ、をかしと見ゆるほどに、郭公《ほととぎす》をいとなめううたふ聞くにぞ心憂《こころう》き。「郭公、おれ、かやつよ。おれ鳴きてこそ、われは田植うれ」とうたふを聞くも、いかなる人か、「いたくな鳴きそ」とは言ひけむ。

………………（清少納言『枕草子』（小学館）二一〇段より）

写真がまだ発明されていない時代、瑞穂《みずほ》の国の田植えの姿を、清少納言が活写している。

田植えなどしたことのない彼女は、腰をかがめ後ろ向きにゆるりゆるりと進む早乙女《さおとめ》たちを「をかし」と見た。めでたき鳥をひどくけなした内容の唄を、歌いっぷりとあわせ不快に思ったと、素直といえば素直ながら、かえって彼女の素性を物語っている。

郭公《ほととぎす》が鳴くから、おらはこんなに早くに起きて、つらい田植え仕事をしなくちゃなんねーよ、との唄の文句は、そのままの意味で歌われたかもしれないが、

ほんのわずかの、いや高らかな、予祝の気持ちがこめられていやしなかったろうか。こころ弾むとき、むしろ、おもしろくなさそうな貌《かお》をする子どものように。百姓仕事にもう少し近くある人なら、そうも見たかもしれぬ。

さて、三枚の写真から、東日本大震災を経、四年ぶりに、いまふたたび田植え仕事に勤しむことの深いふるえが伝わってくる。手伝いにかけつけた親戚を交《まじ》えての「お昼」は、おむすび、鶏のから揚げ、春巻き、いなりずし、茄子と大根ときゅうりの漬物、味噌汁など。

右）渡波根岸前＝5月10日午前11時20分
左）渡波根岸前＝5月10日午前11時50分

渡波根岸前＝5月10日午後0時25分

噛むほどに、味わいは深かろう。宝のようなるこの時間。宝の語源を田柄ととらえ、田の収穫と関連づけるひともいる。ほととぎすは、昔むかしに始まり、未来に向け鳴いている。ほととぎすは、別称、早苗鳥ともいう。

あとがき……三浦衛

本書に掲載した写真とテキストは、「石巻かほく紙」に二〇一五年二月七日より同年一二月一二日まで、「橋本照嵩さん写真集『石巻　2011.3.27〜2014.5.29』紙上展」と題し、四一回にわたり連載したものです。新聞社からの依頼により、写真集『石巻』から橋本が自選した写真、プラス「写真の説明文でない文」を三浦が添えて構成しました。本書収録に当たり、五ページ上段の写真を差し替え、本文に句読点等若干修正を加えた以外は初出のとおりです。

「写真の説明文でない文」を記すにあたり、当初は、実際に訪れた石巻と、石巻から湧いて産まれたような橋本照嵩に触れたり遊んだりしてきたからだの記憶をベースにすれば、アイディア一発、なにか言葉がでてくるだろう、くらいに考えていました。ところが、だんだん苦しくなってきました。

写真は毎回一枚か、二枚。見るのに、数秒とかかりません。が、写真の説明文にあらずを掟《おきて》とすると、写真を前にして一時間はあっという間、夜中にガバと起き、明かりをつけて写真に向かったことも一再ならず。できることといえば、写真を凝視し、口をあらん限り開けたり、三角座りをし自分のからだを両腕で抱きしめたり。腹や腸《はらわた》や皮膚がふるえ、もだえてくるまでじっと待ち、写っている人のからだを自分のからだに写しとり、それを濾《こ》すようにして言葉をすくいとった具合です。

そういう七転八倒の過程で、若いときから読んできたもろもろの書物の文があたまをよぎり、それを写真に対峙させるようにして引用しました。

連載が始まり数回は、私の地の文を置き、最後に短く引用文を配置しましたが、その後、回ごとに、ふさわしいと思える古今東西の文を、エピグラフのように文章の冒頭に置き、それから私の文章を置くようになりました。

記憶していた文を目の前の写真にぶつけたいと思っても、そうできなかったものであり、ぶつけた瞬間弾かれた文あり、そうかと思えば、思いもよらず、ぎりぎり締め切り前の土壇場で、不意に記憶の底から現れた文もありました。

写真評論ではない、こういうものを何と呼んだらいいのか判りません。起きた事象とそれをふところ深く抱かんとする写真とに、言葉がどんなふうに向き合えるかを考えた（足掻いた）軌跡でもあります。

二〇一六年一一月

三浦 衛（みうら・まもる）プロフィール

1957年、秋田県井川町生まれ。東北大学経済学部卒。99年、春風社創業。著書に社史『出版は風まかせ　おとぼけ社長奮闘記』（2009年9月）、エッセイ『父のふるさと　秋田往来』（2010年11月）、小説『マハーヴァギナまたは巫山の夢』（2012年11月）、詩集『カメレオン』（2016年6月、以上いずれも春風社）がある。

橋本照嵩（はしもと・しょうこう）プロフィール

1939年、宮城県石巻市生まれ。1974年、写真集『瞽女』（のら社）により日本写真協会新人賞受賞。著書に写真集『石巻 *2011.3.27 〜2014.5.29*』（2014年9月、春風社）、写真集『新版　北上川』（2015年3月、春風社）、写真集『叢』（2016年1月、禪フォトギャラリー）等がある。2016年9〜12月「友人作家が集う　石原悦郎追悼展」“Le bal” Part2に「瞽女」出品。

石巻片影 いしのまきへんえい

2017年2月13日　初版発行

文 ……………… 三浦　衛
写真 ……………… 橋本照嵩
発行者 ……………… 三浦　衛
発行所 ……………… 春風社
横浜市西区紅葉ヶ丘53　横浜市教育会館3F
TEL：045-261-3168　FAX：045-261-3169
http://www.shumpu.com
info@shumpu.com
振替 00200-1-37524
装丁・レイアウト ……………… 桂川　潤
印刷・製本 ……………… シナノ書籍印刷株式会社

ISBN978-4-86110-530-2 C0095 ¥2500E